心灵之音——张振中诗歌集

张振中 著

中国言实出版社

图书在版编目(CIP)数据

心灵之音 : 张振中诗歌集 / 张振中著. -- 北京 : 中国言实出版社, 2023.3
ISBN 978-7-5171-4399-4

Ⅰ.①心… Ⅱ.①张… Ⅲ.①诗集 – 中国 – 当代 Ⅳ.①I227

中国国家版本馆CIP数据核字(2023)第060264号

心灵之音——张振中诗歌集

责任编辑：郭江妮
责任校对：邱　耿
封面题字：张振中

出版发行：中国言实出版社
　　地　　址：北京市朝阳区北苑路180号加利大厦5号楼105室
　　邮　　编：100101
　　编辑部：北京市海淀区花园路6号院B座6层
　　邮　　编：100088
　　电　　话：010–64924853（总编室）　　64924716（发行部）
　　网　　址：www.zgyscbs.cn　电子邮箱：zgyscbs@263.net

经　　销：新华书店
印　　刷：天津兴湘印务有限公司
版　　次：2023年3月第1版　　2023年3月第1次印刷
规　　格：710毫米×1000毫米　1/16　8.75　印张
字　　数：143千字

定　　价：68.00元
书　　号：ISBN 978-7-5171-4399-4

序

继 2017 年《心灵之歌——张振中诗集》出版后,《心灵之音——张振中诗集》得以付梓。这是我拟收入个人作品集第 14 卷的又一著作。

1964 年我被汉中大学录取入学,受到现代中国文化旗手邹韬奋人品、思想的深刻影响。在校 4 年,我课外阅读了马雅科夫斯基、贺敬之、闻捷、梁尚泉、李若冰等人的诗歌作品,萌生了当文化人、诗人的理想。大学毕业后,我参加了工作,在陕西南部大巴山干事、生活。每日工作、生活在山区人民群众之中,亲身感受到他们在辛勤劳动或参加社会活动时所展现的热忱和全心身投入的状态。我发自内心地敬佩他们对生活的热爱,对幸福生活的向往,为克服困难坚毅前行……于是我将它们写出来。每首诗歌都是在强烈的写作愿望中诞生的,确实是"不吐不快"!此外我这部分诗歌也记录了我的工作生活——教育战线的人和事——赞颂人民教师的园丁精神,反映了少年学生的童趣生活。

多年来写诗歌,抒发澎湃的心情,表达自己的看法和主张成为我的习惯和爱好。久而久之,我便创作出了数百首诗歌。

这些诗歌是我发自内心唱出的歌,是我的心灵之音乐,是我内心情感的外在表现。它们记录了我的思想、精神成长的历程;记录了我人生轨迹。

这些诗歌,是我克服千难万险,努力工作,顽强生活的无穷力量。它们像甘泉滋润着我的心,像明灯在黑夜里照亮我前行的路。

近年来,我常常翻出自己往昔的诗歌作品,阅后总有惊喜。每首都是我不可多得的珍品,我的宝贝。因为它们是时代岁月的记录,是真人实事的记载,是我真情实感的表达和呈现方式。强烈的愿望敦促我必须把它们整理、编辑成稿,付梓成书,呈现世人。

1978 年党的十一届三中全会召开，揭开了中国改革开放的大幕，开始了新的征程。那时正是我年富力强的韶华时期。自此直到 21 世纪初，我全身心地投入到教育战线上，为国家培养人才。我以火热的激情和切身的体会记录身边的好人好事，记录祖国面貌日新月异、翻天覆地的变化，书写社会主义建设事业的光辉历程和伟大成就。讴歌党、讴歌祖国、讴歌时代、讴歌英雄、讴歌人民，便成了我的自觉行动、人生的重要组成部分。自改革开放到现在 40 多年，我又创作了数百首诗歌。我从其中遴选了一些编入《心灵之音——张振中诗歌集》。

张振中

2023 年 1 月 16 日撰写于洋县县城住宅

目录

第三章　心灵之音　岁月如歌

第四章　以梦为马　再攀高峰

第五章 饮水思源 涌泉相报

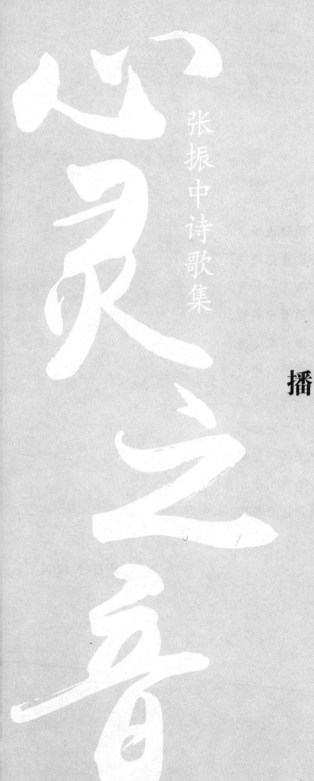

张振中诗歌集

第一章

播种希望　砥砺奋进

忠诚倾注笔头上

小小粉笔二寸长，
天天随我进课堂。
我怀豪情把课讲，
它出心血一行行。
笔笔随着宏愿舞，
字字来自我心房。
党把重任交给我，
忠诚二字刻心上。
挥笔欲开知识门，
使它要揭科学窗。
满腔热血引泉水，
为使满园百花香。

1977 年 12 月

忆友

一窝之雏初丰满，
飞向四海整四年。
梦里长忆同窗事，
只恨远处不得见。[*]

*摘自汉中大学数学科二年级全班学生合影照片背面，1972 年为此照片题诗。2017 年 6 月 28 日抄录。

挖地

晨曦刚来临，
太阳未露面。
茶树堡的坡地上，
早已笑声成串串。

排排银铁上下飞，
黑油油灰土浪波翻。
镢飞锄舞旋风起，
浪波翻处气味鲜。

笑语串串歌不断，
汗水打的露珠溅。
鲜草枯叶便长埋地里，
石头瓦块把队站。

笑语串串歌不断，
大地换了新容颜。
肥土沃壤的坡地上，
以便长的禾苗齐崭崭！

1978 年 4 月 11 日

祖国花朵红似火

今天"六一"儿童节，
小朋友们真快乐。
做早操，做游戏，
又说又笑唱儿歌。
讲故事，跳舞蹈，
庆祝活动好热烈。
清脆歌声撒校园，
祖国花朵红似火。

1978 年 5 月 28 日

选麦种

香千里，金灿灿，
黄熟了的小麦波浪翻。
"换工做活"叫声急，
一伙伙姑娘上了山。

上了山，不怠慢，
花花绿绿浮在麦浪间。
燕子飞手语呢喃，
姑娘们，忙把麦种选。

眼儿明，手灵便，
轻捷的身形舞翩翩。
选长穗剪大穗，
装满了背篓装满了篮，

长麦穗，沉甸甸，
颗颗籽粒鼓鼓圆，
姑娘们乐的心花放，
忙揉一把送嘴边。

骄阳当空红艳艳，

六月间正是艳阳天，
春风送来千里香，
大地披上了金衣衫。

姑娘们越唱越喜欢，
轻捷的身形似飞燕，
眼明手灵快快选，
装满了一背又一篮。
装满了背，装满了篮，
装满了姑娘们的情和愿——
要叫千顷万亩都成丰产田，
要用金珠琼玉装缀万重山！

脚踩万顷滔滔浪，
手中的麦穗金灿灿。
跨黄河，过长江，
这里就是新的起跑线！

姑娘们的激情开了闸，
豪言壮语撒蓝天——
"千顷万亩丰产田，
就在咱手里攥！"

1978 年 6 月 9 日

吟桂花

花凡色素，
香浓味郁，
芳香四溢，
润肺沁脾，
醒脑爽神，
吸之年轻。

1978 年 9 月
（1979 年 11 月 23 日补）

张振中诗歌集

第二章

执教育人　金色韶华

于暑期照片上志诗

艳阳雄岭秀山城，
夫妻长子屹桥影。
摄尽人间壮丽景，
胸阔气爽荡春风。
莞尔昂首望前程，
并肩同心志长征。
涓滴汇入四代流，
青春常在火样红。

1979 年 10 月 4 日

送肖凡军*

神魂卷动着浓云，

心堕入烟雾朦胧的沟壑。

挽留你啊，

友谊伸出长臂阻拦，

深情使劲拽住衣角。

平素相处怎知离别痛苦钝刀割，

急分手惋惜往日淡淡流水过。

瓣落艳失才觉花季香，

拉上破车念君力不满。

然早晚虽少动口舌，

却终日勤快地使唤着手脚。

待人的实意纯如白雪，

对同志的真情胜似一团火。

黎明你咚咚震动的脚步，

惊醒沉梦香的校舍，

悠悠颤动的扁担舞动晨风。

汗珠与河水一路奏新歌。

操劳同志们的吃喝，

唯恐水凉、饭菜不热。

---

* 肖在我校搞炊事四年，因我校粮食长期解决不了，他在县革委找好炊事工作，今辞职赴任，离别之情绵绵。

里里外外细碎杂活。
安排有头有绪，做的干脆利落。
每晚，火苗望着你欢笑，
煮好细嫩猪肉一锅，
不知疲倦不知累，
夜阑人静才蒙最后一灶火。

好同志呀，好小伙，
怎忍心叫你离开我！
口粮未解决，不能立家业！
我有愧呀，我之过！

好事不会自上门，
内外作用紧配合！
祝君展翅远高飞，
尽情演奏快乐歌！

1979 年 11 月 3 日

旅途风光

今乘长途车，与石砦小学等校的教师，赴平利，看全省电化教学表演，途中吟诵：

马达轰鸣风盈车，
明净车窗色彩多。
树树银杆成行过，
峰迎岭接溪轻歌。

曲路盘道似流逝，
峡长谷幽隘嵯峨。
一路风光尝不尽，
深秋阳春胜三月。

1979 年 11 月 8 日车内吟就

走平利县山城

艳阳当空抵山城，
高楼青舍饰五峰。
坝河独桥是捷径，
目眩头晕因水棕。

一行十余逛旧街，
百楼饭店峙长空。
人来车往灯辉煌，
寻友平中话别情。

1979 年 11 月 8 日晚

平利县城小学听课

风清气爽朝阳红，

霞飞城秀壮丽景。

天真烂漫小儿童，

一路高歌队齐整。

批金沐彩进校园，

校容整洁气氛浓。

听课两堂开眼界，

血沸情溢赞园丁。

1979 年 11 月 9 日

期中考试

时间伴着教学，
进入期中测考；
期考调遣大军，
开往火线前哨。

教室—战场，
座位—战壕，
指挥—大脑，
笔—枪刀。

面对试题—
总攻目标，
向着问号—
暗垒碉堡。

集中目光，
发射火箭炮，
专注思考，
拉响炸药包。

昔日的勤学，
发挥出强硬火力；

往日的刻苦。
战术灵活巧妙；
丰富的知识，
正猛攻围剿；
到家的功夫，
举旗列前茅。
勤奋，
发挥着巨大的战斗力。
好学，
巧用制胜的法宝。

没有枪声的战场，
不见硝烟的战斗，
同样激烈、严峻，
负的代价高。

一行行工整的行书，
一份份答卷，
就是战士的功勋，
就是胜利的捷报。

特殊战场的指挥员，
特殊战场的兵，
训练不停，
冲杀声高，
正向目标高地，
进军，开道……

1979 年 11 月 17 日

座座熔炉炽热燃烧

——监考所见写在考场

一教室学生，
正在期中测考。

静悄悄，
极严肃，
个个正坐，
井然有序。

寂静中，
寒气偷营包剿，
严肃中，
冷风潜入施绝招。

一个个，
身瑟缩，
型却泰然稳固，
一双双小手，
虽冻僵，
笔可震舞频摇。
凝视的眼神，
放出束束火焰，

要把答案寻找，

沸腾的脑海，

热流奔涌，

巨浪滔滔，

每颗心，

一炉旺火，

炽热燃烧。

多精彩的镜头，

同一个姿态，

同一个仪表，

聚精会神地思考，

胸有成竹地答题。

同一个想法，

交满卷，

同一个心愿，

忠诚汇报，

笔杆频摇，

笔尖轻跳，

吐丝不尽，

字浪涌涛。

心中的蓓蕾，

开出花朵，

累累果实，
在碧野田原上笑！

学校内，
正在期考。
一座座熔炉
炽热燃烧，
铁流滚滚，
红浪热潮……

此时，
寒气败北，
冷风溃逃。

1979 年 11 月 18 日

教师爱学生

夏喜清凉风，

冬天爱火红，

教师爱学生，

经常围一丛。

1979 年 11 月 19 日

霜之歌

仪表平和，交友众多。

色泽朴素，亲近万物。

质地纯洁，不择地。

严肃性格，到处居落。

无声无息，志向远大。

埋头劳作，群山广野。

不贪轰烈，处事公平。

只讲效果，同样厚薄。

默默而来，尊崇时令。

悄悄辞别，来去守约。

不喧不赫，预告天气。

不计得失，日丽风和。

生于自然界，还给自然界。

霜的志趣，霜的胸廓，

霜的作风，霜的纯洁，

霜的美德，霜的风格。

应该具备，不可少缺。

如霜之物，世上几多？

认识掌握，作为楷模。

1979 年 11 月 19 日

下考场后

一库平静的水，
被清亮的铃声，
把闸打开了。
哗啦啦地畅笑，
浪推波掀地滚跃！

像群蜂寻追蜂王，
双双目光横扫，
把标准答案找。

"瞧，在这——"
先交卷的人堆中，
"小喇叭"在尖叫——
引来一股潮。
像一簇鲜花，
吸引着嗡嗡蜜蜂，
被紧紧拥抱。

头挨着头，
脑挤着脑，
如一丛鲜艳熟桃。

踮着脚，

摩着肩，

仰着脸，

吡呀嗓，

似苞谷花蹦、爆——

"我把 IT'S

写掉了！"

"我标错了音调。"

"问号不该写成句号。"

"你对了，是译成小刀！"

小手指点过来，

冲着鼻尖：

"你不简单，

全做对了！"

一拳飞过去：

"小胖子，

你不得比我少！"

"第七、第九题难！"

"唉，好答，

像吃豆腐脑！"

"你还真没骄傲，

下次我们比低高！"

一浪卷过去，

一潮又到。

一阵铃声，

轰——

人不见了……

1979 年 11 月 21 日

早读时

霜厚似雪，
欲锁一切，
寒气森森，
空间欲凝结。

我沐着琅琅书声，
从各个教室走过。
一阵阵肌肉紧缩着，
上牙紧把下牙敲。

回到宿舍，
又一次疏通炉火。
扑向寒身的暖流，
引起深深思索……

一张张青紫的脸蛋，
一个个衣着单薄。
红通通手哆嗦，
弹奏着激昂曲乐……

铃声打断思索，
我行动迅速果决，
冲到教室门口——
"快来烤火！"

1979 年 11 月 23 日

阅卷

一层层地分析，
一步步地琢磨。
评分尺度，
要统一的掌握。

过严会伤害幼苗枝叶，
每分得来要熬多少夜？
过松就是欺骗、罪过，
事实与虚假是不容的水火。

三瓶红水，三支笔，
细细评阅流水作业。
一个改完又改另一个，
一浪浪素绢从面前流过！

做到每一页不遗漏，
边边角角的也要详找细阅。
你叮咛他，他嘱咐我，
意相契，心巧合。

高度的事业心，
把双双目光集中，
强烈的责任感，
充分调动脑神经工作。

白纸黑字上打的红符号，
就是学生的劳动成果。
每题左角的一串串数字，
就是我们的一腔热忱！

批着一页又一页，
我们惜粒如金地收割，
改过一叠又一叠，
我们心头充满胜利的喜悦！

火炉添炭一层又一层，
旱烟抽了一袋又一锅。
早晨坐到日头偏斜，
由黄昏阅到小半夜。
腰坐直了，腿坐僵了，
寒风冻透了裤子，肚子又饿。
心里却踏实、舒服，
因为我们又做了一天
应该做的工作！

1979 年 11 月 21 日

批阅作业

小屋——安静，
炉火——通红，
油灯——一片明。
每夜挂画，
幅幅——
我在其中！

小桌子，
低板凳。
蘸水笔，
墨水瓶。
同我有感情，
与我共劳动——
搬平这一座，
又起楼几层！

1979 年 11 月 23 日

大山

大山安然雄姿，
层峦峻岭相比高。
一轮金辉普照，
草厚丛深树茂。

一洞镶嵌山腰，
一缕青烟袅袅。
一群少年学生，
逗引大山畅笑露妖娆。

1979 年 11 月 27 日

炭洞

层层岩石，
自然砌成一洞，
笔直伸向地心，
形似喉咙。

倚着几根树杆，
青藤横结树枝，
梯步几十层。
下到洞底，
犹如会厅苍穹。
乍入两眼漆黑，
须臾渐渐分明。
滴水深深，
雨雾蒙蒙。
满洞乌金。
光泽褶熠熠，
蕴藏无穷。

大山呀，
是谁给你眼睛，
是谁把你唤醒？

你把丰盛的礼物，
递给千家万户，
炽烈的感情。
化作火光熊熊！
今天我们还礼，
远道把你拜访，
承接你的厚礼，
授你虔诚的赠送。
再见—大山，
我们得赶快赶路，
冶炼钢材的熔炉，
望眼欲穿，
渴望着你发光发热。

1979 年 11 月 27 日

运煤谣

时令交初冬，天气已寒冷。

做好教和学，及时做决定。

勤工俭学好，运煤出远征。

曙光刚露头，师生路上行。

这些挑筐子，那伙背背篓。

山路三十里，一路小跑走。

卷起一阵风，冷风呼呼吹。

白霜铺一层，高山相对峙。

峡谷幽而静，荆棘扬长过。

积叶盖小径，忽而绕山嘴。

时而过要冲，崖边留脚印。

绿潭照人行，山涧欢跳去。

浪花溅银星，拐过十八湾。

翻过五座岭，山山抹金辉。

山由托日升，师生过群山。

山谷起回声，丛林睁睡眼。

鸟雀野兽惊，日才爬山腰。

人已到碳洞，怀着好奇心。

下洞看究竟，爬着树杆下。

踏着石阶磴，洞有两丈深。

漆黑彻骨冷，洞顶似石拱。

四壁是煤层，这个洋镐挖。

那个钢钎通，几组打炮眼。

几组钻窟窿，洞内雷轰轰。

一切在于组织好，炸下几大堆。

煤块光泽明，忙碌一大阵。

全部背出洞，双手捧泉水。

甜蜜润心胸，捡来枯树枝。

烟青火焰红，相让吃干粮。

笑语绕群峰，众山纵目看。

一派生动景，个个装足筐。

人人满背笼，挂着树棍棍。

脚缠葛麻藤，下山腿不颤。

腰杆挺得硬，脚步踏得稳。

踩溅战泥泞，前面下深沟。

后头正上岭，一个连一个。

飞成一条龙，打杵顶扁担。

岩石支背笼，歇着喘口气。

揩汗吹吹风，个个湿衣衫。

肩膀钻心痛，越走煤越重。

前面背系断，煤块响叮咚。

后边拥上前，扶人抓背笼。

扯来葛麻藤，牢实系棕绳。

后面扁担断，咯咂发脆声。

前面急回头，紧攥框子绳。

惊罢一身汗，差点筐腾空。

砍根树棒棒，悠悠又起程。

女生担渐重，帮助有男生。

弱小步渐慢，老师忙加重。

先下沟底的，急转又爬岭。

他接你谢绝，相互把担争。

学生接教师，教师爱学生。

友爱深厚情，团结一股绳。

热流暖融融，一路舞春风。

集体力量大，温暖似家庭。

个个精神足，人人心里明。

艰苦是本色，勤劳好传统。

挑回一色黑。为得炉火红。

汗水流几身，教学有保证。

多出一份力，大厦高一层。

不单是运煤，不光是劳动。

磨炼革命志，开启新长征。

请看我师生，斗志更旺胜。

信心更坚定，脚步更扎实，

分享美前程。

1979 年 11 月 27 日

迎送新兵

风和日丽，

大道金光闪耀。

小街上空，

数面彩旗哗啦啦笑。

我们师生的长队，

汇入欢腾的人潮。

踮着脚儿望，

期待的心儿跳，

忽听三声山阳炮，

报告新兵到。

大道的前方，

红旗猎猎，

唢呐悦耳，

锣鼓热闹。

送行人流似长龙，

前排人胸前大红花，

恰似火炬在燃烧。

涌过来——

送的人流；
揿上去——
迎的浪潮。
两股汇一起，
卷起惊天动地的波涛。

掌声雷动，
鞭炮炸爆，
口号冲云霄，
山欢水跃，

双双手紧握，
殷言细语表，
人人心激动，
个个热泪掉。

小伙手抚红花，
声似大江咆哮，
"一切献给人民，
一切服从祖国需要！"

书记紧握小伙手，
激动鼓励道：
"全社选出'一枝花'，
是光荣，是骄傲，
我们等着喜报。"

颗颗心在燃烧,

人流队形如浪卷狂涛,

大红花映着,

红旗,红领巾。

一片彩霞照,

小山村,

红透了。

1979 年 11 月 28 日

挑担走山路

—民间语：
举起镢头，
想起蔫牛。

走着山路，
想起公路。
挑着重担，
听见车吼。
天底下，
还有多少大山深沟，
毛毛崎岖坎坷背小路？
山区里，
还有多少弓腰勾首，
大汗如流？
无法数—
扁担、背篓、石磨，
镢头？

过去是这样，
现在变了些，
但，

远远不够!

彻底变,

什么时候?

猛鼓励,

摸肩调头,

腿硬朗,

信心足,

一因为,

有了盼头!

山底下,

就是新修的公路,

铁牛正吼。

1979 年 11 月 28 日

写于同学生一起挑煤炭的路上

愿我们的诗

我要画画，

我要摄影，

画向四化进军的画，

摄波澜壮阔的生产建设的新人新事影。

我要唱祖国的新生。

愿我们的诗，

将我国时代前进的步伐，

全部记下！

1979 年 12 月 4 日

校长办专栏

五彩粉笔，
色泽鲜艳。
墙头黑板，
墨黑漆染。

一张课桌，
脚底下垫。
忙活的校长，
正办"普法专栏"。

目注神专，
飞笔正酣，
细绘精排，
炫目耀眼。

绘上热情拥抱，
书下衷心称赞。
记着无限的关怀，
写出维护的誓言。

一会儿，黑板下，

似群蜂采花蜜，

如飞蝶翩翩逐艳，

林密涛喧！

1979 年 12 月 6 日

张振中诗歌集

心灵之音

第三章

心灵之音　岁月如歌

题照三首

一九七九年六月六日，接家信，收到我二孩照片两张，爱不释手，深有感触，特书小诗三首达情。

有感其一：喜看二子

亭亭朝朝女，天真小儿男。

炯炯目光动，专注视正前。

试眸望多遍，心悦笑满面。

花开娇烂漫，二老心血灌。

展望美前程，恩泽万里远。

有感其二：赠小山山

曾记两年前，霜风送你还。

时隔二春秋，今成小英健。

喜看幼苗壮，来日树参天。

心爱幺儿山，是爸心之肝。

有感其三：赠朝朝女

仲爱之独女，同爸深情缘。

出世为难时，苦雨风霜寒。

羊乳瓶瓶苦，断臂泪涟涟。

前事是后师，覆辙永借鉴。

暖翼下四年，羽毛正丰满。

牛头垭子不在登，风和日丽好春天。

1979 年 9 月 11 日

看《烈火中永生》有感

山城纷乱乌云浓，
街头江滨狼犬稠。
黑暗处处播火种，
扬子江浩向东流。
渣滓洞幽歌悲壮，
歌和宋涛千古悠。
烈火之中得永生，
碧血丹心照春秋。

赞江姐

（一）

噙住了泪，

忍住了悲，

吞噬切齿恨，

嚼碎刻骨仇。

（二）

抛弃爱婴孺，

诀别城门楼，

幸福亲昵视流水，

昂首从容赴荆路。

（三）

老虎凳，竹签子，

磨炼筋骨肉，

酷刑地狱黑牢，

铸钢炼金大熔炉。

（四）

坚强党员志，

紧结一狱囚。

寒圄深汹涌激流，

一支烽火染九州。

（五）

一身洁白慨然去，

留取典范励后辈。

迈步大胆坚定走，

要教中华展宏图。

1979 年 9 月 12 日

收新鞋

下午，一个女同学给我一双鞋，这是小云做好后托她捎来的，激起感情之波。

青黑条诚帮，
厚底白如雪。
样式新颖朴树，
大小肥瘦妥。
新鞋舒适合脚，
一股暖流涌心窝。

仔细看，
底布一层又一层，
密密麻麻细针脚。
横有行，竖有样，
针针线线有规格。
千针万线见功夫，
细纳细上注心血。

抽空田间的劳动，
飞针走线的辛苦。
灯花下的笑脸，
浮现眉头的喜悦。
还记着——

心思的美好纯洁，
情爱的丰富真切！
激情荡心海，
甜蜜开视野。
穿着情缀着爱的鞋，
上面还记着——

1979 年 11 月 1 日晚

对联

——付少红与四哥结婚，叫我给写几副对联，推托不了，拟写了几条，以庆他们喜事，以言祝贺。

一正门

春风暖花红叶绿结硕果

政策好国强民富进乐园

横额：安定团结

二正门

山清水秀村村壮景美

年丰人寿家家喜事多

横额：春满人间

洞房门

热恋品味甜蜜桃

钟爱营造幸福园

横额：相爱一生

三正门

汗水勤俭拓荒造桑田

文化科学驱车奔未来

横额：放眼未来

客房门

流水长连接九州山岳

友情深邀来四海亲朋

　横额：宾客满堂

厨房门

菜鲜饭香接贵客，

酒馨浆美迎新人。

　横额：满盘盛盏

1979 年 11 月 20 日

祝贺婚礼

——记同行付少红与四哥结婚，及祝贺时所见所闻

（一）

捧拎挎扛庆贺物，

镜明壶雅盆杯碟。

一行十人几单位，

飘排清流过南河。

虬盘曲折山崖道，

笑谈意浓迅攀越。

叶黄枝空丛林密，

峦岭深处景致别。

气喘心跳力欲竭，

一院喧嚣炮声越。

（二）

林拥绿抱石瓦舍，

清雅幽静瞰群岳。

爆竹噼啪似雷闪，

三洋炮声弥旷壑。

红门艳联花洞房，

收音机唱玩扑克。

男女老幼满屋是，

嬉嬉闹闹意欢乐。

春风唤醒百花妖，
山山岭岭喜事多。

（三）

婉言连绵热手握，
炮声鸣中宾主别。
丛林密叶月色朦，
岩峭壁陡道坎坷。
抓草抚枝援石下，
颤颤瑟瑟慢索索。
蓝天明亮甚皎洁，
一路身影莽层落。
众人夜行不寂寞，
从容下山铁锹过。

1979 年 11 月 25 日

待客

听今天客人到，
急朝副食站跑。
站长面前详情表，
会计开好票。
称肉两大块，
一根木棍两头挑。
前头摆，后面摇，
一路抿嘴笑！

化沥青烙，
明火上烧。
快洗快刨，
架火锅里熬。
手脚放快，
莫迟要早！
油盐酱醋，
葱花蒜苗，
满碟满盘炒！

这样盛情准备，
如此料理周到，
要问哪里来的客，
是至亲，
还是好友？

一阵嘟嘟吼叫，
开来三拖拉机木料。
车停人下，
只听同声道：
"听你们急需要，
队上派我们送到！"

这下——
仪器柜，
图书橱窗，
有指望了。
板凳、课桌，
再不会缺少！
还有那——
乒乓球桌，
篮球架，
飞绕着笑语滔滔！

盅溢盏满，
一腔衷情表！
年轻客人们，
撒出串串笑——
"自己人，
自家学校！"

1979 年 11 月 26 日

多情小河

一条小河向东流，

一路欢乐歌不休。

弯弯曲曲不愿走，

两岸景色看不够。

仰望群山臂挽手，

青松郁杉为翠竹。

喜看梯田座座楼，

拂锦蹈彩舞裙袖。

又喜羊群连白云，

热语告别排排柳。

爱舍新起青瓦舍，

心欢意乐频点首。

轻脚慢步畅心游，

细观饱尝曲悠悠。

多情小河不忍走，

欲将春色尽眼收。

1979 年 12 月 10 日

观《从奴隶到将军》电影

（一）

敢问旧时实无破，

各族儿女涂炭生。

天下瞩目望三民，

诋料怵道飞血腥。

国祸民亡危旦夕，

举旗秉性是我共。

燃起烽火映朝霞，

复吾中华青春盛。

（二）

落地以来奴隶名，

报仇雪恨志从戎。

一对苦命邂逅逢，

成双比翼战云层。

马列指点心眼明，

党的光辉照前程。

驰骋沙场奋终生，

爱国民族一英雄。

1979 年 12 月 18 日

歌咏赛之前

学校要比歌咏赛，

各级各班忙排练。

这里教来那儿唱，

波涌浪啸闹翻海。

教师忙得不停脚，

组织教唱又打拍。

学生劲足热情高，

曲曲不断春雷来。

歌不断，春雷来，

唱得校园放光彩。

排排白杨应声长，

条条柳枝按韵摆。

草木起兴又返青，

百花复生花蕾开。

一片歌海浪澎湃，

唱的师生乐开怀。

各族人民又蹚新道路，

一起迈入新时代。

我们开始新生活，

幸福花儿永不败。

歌唱祖国有希望，

心快意悦向未来。

1979 年 12 月 21 日

早来的春光

啊，这像冬天的太阳？

明亮、白灼，

喷射出无际的光熠，

它既慷慨又大方，

普照·广宇蓝天，

给大地一片光彩，

送一怀热情温暖。

啊，这是三九寒天的大山？

峰峦掏出白巾素绢，

几片掩着含羞的脸，

几片紧贴胸前；

而多情的目光，

银辉灿灿，

透过白巾素绢，

递给太阳、蓝天。

啊，这是冬天的风光？

麦苗、青菜、嫩芽、新草，

绿茵茵，黄鲜鲜，

水灵灵，活生生。

勃勃旺盛，

温情绵绵；
旖旎柔和，
如锦似缎——
铺着地，盖着山

啊，这是冬天的景色？
浓郁的杉带，
青绿的竹园，
碧翠的松林，
翡玉般的茶田。
一片片，
一园园，
罩着座座山村，
缀满千岭万山。

啊，是冬天
为什么这样温暖？
勤快的和风，
步履盈盈，
活泼、敏健——
东西飞梭，
南北走线，
穿织缕缕阳光，
铺开金丝被儿盖河山。
又是它，
唤朵朵白云吻青烟，

撒给丛林一腔忠言，
绽开绿茵稚嫩的笑脸。

啊——
灼亮的太阳，
无垠的蓝天，
温暖的清风，
光彩万千的大地，
生机蓬勃的大自然！
这分明是一幅
壮观的画卷，
这分明是一派
盎然的春天！

尽管，去年的日历，
前几天才翻完，
尽管，现时节令，
正在三九寒天——
一点也不冷，
一点也不寒！
到处阳气升腾，
满目春光一片。
啊——
我欢呼早来的春光，
我歌唱祖国的艳阳天！

1980 年 1 月 5 日—7 日

烈士罗成锡

　　1980 年 1 月 11 日，复兴公社先锋队贫农社员罗成锡，在兴建先锋水电站的工程中，不幸殉难。罗成锡在旧社会深受"三座大山"的压迫，过着穷寒困苦的生活。因此，对党对社会主义新中国无比热爱。在社会主义革命的每个阶段，都是坚定不移地冲锋在前。在新中国成立的头三十年来，他担任生产队长十八年、大队药材厂厂长十多年。

> 浪河水，
>
> 日夜奔腾不息，
>
> 永远高唱着一个
>
> 光辉的名字——
>
> 罗城锡！
>
> 天佛寨，
>
> 青钢锋，
>
> 千秋万代，
>
> 与烈士罗成锡，
>
> 站在一起
>
> 昂首云际！
>
> 起伏连绵的山岭，
>
> 白花飞迸的山溪，
>
> 丛丛松杉密林，
>
> 青苗茵茵的土地，
>
> 长陪着你，
>
> 守护着你。

罗成锡,

深沟幽谷里,

回荡着你的话语;

悬崖峭壁上,

出现着你的身影;

满山小径上,

印着你实在的足迹。

松柏常青,

山岳刚毅,

英雄的精神业绩,

永远活在人民心里。

你,

前半世泡在苦水里,

饱受忧患寒饥。

你,

以喜悦、坚定的步子,

跨入新中国。

当队长十八年,

一颗心全献集体;

管生产大队药材种植场,

国家、集体、社员均受益!

你用自己的辛苦疲惫,

给家家户户换上幸福、欢喜!

每日,

晚睡早起,

汗雨洗衣，
勤劳不息；
终年，
耕犁、点种，
锄、管、割、收，
深深爱着土地。

你，
一个公社社员，
言语不多，
举止平凡，
却心地纯洁，
为国为民，
鼓圆一身力气。

党的春风，
吹遍神州大地，
你和千家万户，
笑得一样甜蜜；
新长征的号角，
响彻云际，
你整装出发，
加大马力。
你和先锋人民，
大长一身志气。
引河水上山修电站，

千年害变成万年益；
你开山劈岭，
掘土拦河，
老年不减壮年力。

你挥动铁拳，
砸碎巉岩陡壁，
你撑开双臂，
推山后移。
你冲锋在前，
千难万险踩在脚底。
为使工程迅速进展，
自己的一切在所不惜。

为了村民少受累，
为了后辈人的利益。
为了共产主义，
你献出宝贵生命！

你光辉的形象，
集聚千钧力；
你不朽的精神，
使群众心更齐。
人民公认你——
新长征的烈士，
"群众身边的雷锋"。

人们心中
一颗不落的星辰——
你，
罗成锡！

1980 年 1 月 14、15 日

赞吉鸿昌

前生戎涯徒英勇，
国耻民生促猛醒。
集雄挥师驱列强，
燃起烽火照长城。
高官厚禄视粪土，
忠国爱民写后生。
追求光明敬仰党，
为国捐躯扬威名。

1980 年 1 月 16 日

看电影《女驸马》有感

贪财之心必毒奸，
歹徒横虐良家冤。
情侣一双表忠贞，
历尽艰辛志不变。
恨透混世多悲剧，
赞我先杰换人间。
十亿齐心医陈疾，
跃马飞速追春天。

1980 年 1 月 17 日

重大的发现

夜静静，

三更间，

妻儿已鼾眠。

我卧未合眼，

身热脚冰寒，

思绪万千，

久久起波澜。

现在、过去，

昨天、前天；

快乐的今天，

充满诗意的明天。

工作、学习，

家庭、社会。

妻子儿女，

学生、诸少年；

教师、炊事员；

机关的干部，

队上的社员。

千连万结的关系，

丰富多彩的生活；

复杂的"斗争"，

错综交织的矛盾；

悲喜忧欢，

苦辣酸甜。

这些那些，

这种那般。

塞了满脑子，

又胀又烧，

脸热起火熘。

无论如何，

静不下来，

不能入梦间……

猛然间，

像电闪，

心头明亮一片，

像宝贝发现，

如获新的生命，

如有了人生的源泉，

如得了永生不老的灵芝，

一身力量永久用不完。

因为得了独厚的天——

用我喜爱的形式，

战斗的诗篇，

用祖国的伟大语言，

记我所知的人间，

记我生存的时代，

歌颂我最崇敬的党，

歌颂人类历史的新阶段，

赞社会主义明朗的天。

写人民新长征，

画秀如彩锦的河山。

写自己的路程，

制明镜一面，

永照自己的脸。

急点油灯，

取笔开卷，

记下闪光的灵感。

没嫌力薄单，

没嫌笔锋不尖，

没怨知识浅，

没怪诗味淡，

没愧语不精练。

用诗记日记！

不间断，

写下每一天！

写下上百上千本，

写下万万篇。

活到哪一天，

写到哪一天。

我跟我的诗，

和着历史巨船，

乘风破浪，

在广阔浩瀚的大海，

一同向前！

生活有多宽，

就写多宽；

天下路有多远，

就写多远。

叫诗篇，

能盖满山，

叫诗篇，

与长江黄河比长短！

天天写，

开张于今晚，

一直写到老！

1980 年 1 月 20 日

抄诗联想

"坡肩上跃出一轮红日,

啊,心头的海,在涨潮……"

多宽阔的胸膛,

多惊人的形容夸张,

诗靠它生辉发光,

诗靠它出力量。

只有丰富的想象,

诗才有金翅膀,

使一潭死水,

变成波涛滚滚的海洋。

犹如黑夜,

给它个月亮。

若干不相干的事,

叫它们挽起臂膀,

起舞高唱。

学下吧,

大胆的想象,

大胆的夸张。

用比喻,

把静的变成动的,

把无形的变成有形,

产生活泼泼的形象——

难以名状的清爽。

1980 年 1 月 21 日

接家信

正在出物理题

准备期终测验。

接到送来的家信，

慈母幺弟接我们，

回家乡过新年，

妈妈高兴，

弟弟喜欢！

只觉心里甜，

十年大团圆。

故乡呀，

翻天覆地的三年，

你一定旧病痊愈，

恢复了少女的娇颜，

名驰全国的"小江南"。

一封信寄安康，

告诉候玉娥老乡，

东西正在办，

待相见畅叙衷肠。

同携一路春光，

乘长龙向西飞翔。

古洋州内迎新年，
接八十年代第一春，
欢乐无限，
意义深长。

1980 年 1 月 21 日

我和时间

尽管你跑得快如闪电，
我还是紧紧追赶。
你给我人生虽仅有几十年，
我却仍以分秒计算。
日日夜夜同你做伴，
一路脚印就是物证。
尽管你一路向前不苟言笑，
而我珍惜你终生不变。
我用你点燃青春的火焰，
我用你尽览永恒的春天。
你敲响八十年代的洪钟，
展现出尘封的威严。
而我和祖国，
化做一支强弓飞出的箭。

1980 年 1 月 25 日

心灵之音

张振中诗歌集

第四章

以梦为马　再攀高峰

参观英雄张富清故居

红日高照风光媚，
欢歌笑语庆七一。
幸福不忘党的恩，
纪念活动弘意义。
一腔热血激情高，
参观英雄之故里。
马畅镇的双庙村，
洋县城西五十里。
时代楷模张富清，
解放战争大功立。
深藏功名七十年，
初心使命永牢记。
新中国成立七十周年日，
大会堂里举盛典，
习近平总书记颁授国家勋章，
崇高荣誉光熠熠。
洋县人民好儿子，
共产党员好模范。
低小房舍泥土气，
简陋家具记往昔。
小小院落气氛浓，
村史馆在院建立。

参观团队纷纷至，
听取讲解印心里。
入党宣誓声洪亮，
面向党旗表决心。
少先队员讲故事，
情节动人词熟悉。
形象生动声情茂，
观众倾听津津味。
村史馆里内容多，
实物图片展柜立。
勋章证书和奖状，
件件讲述其事迹。
西北野战军功书，
彭总司令亲笔题。
人民功臣四个字，
重于泰山撼天地。
忠诚于党爱人民，
建设路上走第一。
艰苦奋斗葆本色，
带领群众出大力。
生活简朴谦恭让，
党的教导永牢记。
事迹生动震撼人，
英雄就在面前立。
省市县委发文件，
党群齐向他学习。

参观故居上党课，
党性锻炼好时机。
学习楷模之事迹，
坚定信念增魄力。
不忘初心承使命，
当好党员是目的。
踔厉奋进不停息，
复兴路上新功立。*

2022 年 7 月 2 日

*《参观英雄张富清故居》获得 "2022 '晋唐杯' 全国诗书画家创作大赛" 一等奖，入选大型文学典籍《2022 年晋唐全国诗书画作品全鉴》。

赞洋县科协 2022 年庆七一文艺演出

六月二十六这天，
庆祝七一文艺演。
洋县老科协会员，
热情参加笑开颜。
会长开场讲意义，
党员会员领会全。
两位主持仪表端，
严肃风趣两相兼。
声音洪亮语清晰，
普通话儿说的湛。
节目丰富种类多，
舞蹈歌唱说快板。
全体演员形象美，
犹如三月桃花艳。
轻歌曼舞似飞燕，
朵朵牡丹竞灿烂。
服装靓丽款式多，
姿态形象抢人眼。
舞蹈歌唱戏表演，
个个节目亮耳眼。
男女歌手曲优雅，

情深意长动心弦。
思想内容品位高,
艺术水平达顶点。
听歌看舞神入化,
只觉演出时间短。
意未尽兴想再看,
魂牵梦绕致忘返。
一流演出观众赞,
堪比县市专业团。
歌亮舞美令人醉,
美好映象印心田。
朝夕排练结硕果,
汗水辛劳迎笑脸。
全体演员皆尽力,
领导会员齐夸赞。
庆祝活动真完满,
魅力影响恒久远。

2022 年 6 月 27 日

参观西北联大旧址

一

五月二日晴朗天，
乘车似风汉江南。
弯弯曲曲进深山，
城固天明寺终见。

鼓楼坝有天主堂，
抗战时期大学办。
自北迁南避硝烟，
为国育才数几千。

二

残垣断壁遗风存，
仍有完整四合院。
树碑镌文当年事，
修葺堂楼旧貌还。

此地自有独特处，
山高顶部宽平坦。
松柏葱郁望无边，
花香鸟语居神仙。

2022 年 5 月 2 日

游城固县天明寺

城固有个天明寺，
欲见已近六十年。
汉大上学一同窗，
生养此地又工干。

今春乘车八十里，
跨越汉江入深山。
北南走向一小镇，
长街近里曲有弯。

楼房毗邻店铺多，
人众车多机关全。
东西两山相对峙，
溪流汩汩贯其间。

四方诸镇必经此，
各路人客常不断。
青山绿水环境好，
一方福地亮眼前。

2022 年 5 月 2 日

参观王蓬文学馆

二十世纪闻其名，
安康讲习倾耳听。
夫妇骑车百余里，
群艺馆里示崇敬。

今年三月贵馆开，
善举美誉传汉中。
仰慕等身鸿文著，
造访高师幸合影。

2022 年 5 月 5 日　撰记

赴张寨

喜闻王鹏文学馆，
一颗明珠耀陕南。
空中燕飞歌呢喃，
老翁乘车兜风酣。

百花争艳平坦道，
日丽风和美平川。
领军人物树新风。
志同引力学君贤。

2022 年 5 月 5 日

上铁河

一

壬寅四月好时光，

日丽蓝天气温爽。

目标铁河秦岭中，

乘风驾云直北上。

儿时听名七十载，

无缘目睹其貌相。

租车系带热情高，

穿城越野上山岗。

二

水泥大道高坡顶，

绿树香花掩楼房。

打菜碾麦又除草，

男女挥汗收种忙。

过了下赵是上赵，

安丰山村坡西旁。

白刘村户多岩下，

小溪石桥关帝乡。

三

左旋右转高又险，

马坪村舍山岭上。

东望群山绿如海，

车人犹在云中翔。

一座铁桥河上飞，

木家村在西岭上。

李家店村楼成群，

洋芋叶绿秧苗旺。

四

河床开阔尽白石，

去年山洪桥打光。

一条长街尽楼房。

门多关闭人清爽。

多年想看之铁河，

犹似红女少年郎。

从南到北仔细看，

相比平川无两样。

五

几经询问多村民，

大西沟村童家堂。

四合院子青瓦房，

山远天阔景风光。

八旬老翁是郎中，
眼明语清声朗朗。
祖辈居此七代人，
安徽桐城是故乡。

六

字迹工整意明白，
记录一本诊处方。
望闻问切中草药，
患者众多来四方。

锦旗高悬于药房，
百草金石药芳香。
二儿供职在省府，
大小儿子外埠忙。

七

四月时节好风光，
厚朴树密皮银亮。
叶大如扇五角尖，
家家青壮采药忙。

路场多晒皮圈儿，
排排树皮靠白墙。

漫山遍野林连林，

退耕还林享小康。

2022 年 5 月 29 日

访千年古渡渭门

五月初七这一天，
日媚风和空气鲜。
乘车百里抵渭门，
位于洋县最东端。
人文历史光彩溢，
名闻遐迩四海传。
古渡篙舵两岸往，
东南西北客不断。
水陆两路重码头，
船舶商贾络绎连。
历代兵家战略地，
繁花热闹过千年。

县城出发过汉江，
经过磨桥到黄安。
沙河桥过庞家湾，
翻山下岭三溪关。
三岔又和寨沟连，
黄家营街长又弯。
骆驼项村再向东，
峡谷道过石家坎。

商坪村前多水田，
北沟村在汉江边。
黄金峡镇在新铺，
窄长街道两山间。

沿途重山又峻岭，
急转快拐道曲弯。
竹篁粗壮根根密，
苍松挺拔赤色干。
场路多有打麦人，
妇女插秧在水田。

商坪一民六十八，
肩扛宽窄锄两把。
正午烈日田间返，
热情与我把话拉。
儿媳大学已毕业，
只待打工儿回家。

新铺渭门遭暴雨，
坡滑泥流田坎垮。
端午晚上暴雨下，
树木冲倒毁庄稼。
几十里的水泥路，
厚厚一层黄泥巴。
雨灾洪水多塌方，

村村速清路通达。
新铺百货土特产，
村民悠闲多铺店。
继续翻过一座山，
二十里路沿沟涧。
出沟豁然一大河，
渭门村居汉江岸。

汉江在此西转弯，
汉中出产上货船。
千年古渡白沙渡，
子午河会汉江面。
荔枝道接子午道，
妃笑一骑到长安。

渭门一翁六十八，
耕种十亩余庄稼。
庭院宽大铁栅门，
三层楼房掩树花。
只有一个独生女，
磨子桥镇安了家。

渭门村里遇文友，
洋县作协一会员。
渭门史上千般事，
熟悉精通侃侃言。

九十里程黄金峡，
汉江行船最危险。
峡内河面最窄处，
河宽米数四十三。

欲看汉江拦河坝，
山崖乱石横路垮。
道路中断无奈何，
回走江北意作罢。

今见小车四五辆，
县城来此把景观。
百里之外汇一起，
相见一笑招手唤。

回城途经寨沟村，
斜坡道上两翁男。
人力车上载秧苗，
一拉一推前行难。
北沟村的山连绵，
白云蓝天朱鹮旋。
双翅开展映红霞，
犹似天宫降女仙。
雄鸡啼鸣声洪亮，
村民交往露笑脸。
"老汉寡孤"声声唤，

"换娃"鸟鸣回童年。

可敬山民意志坚，
祖辈世代居深山。
多亏改革开放策，
家家小康日美满。

2022 年 6 月 7 日

接中国作协信息

盼星星，盼月亮，
盼到东方出太阳。
今天下午六点半，
中国作协通知响。

言行谨慎严管己，
不能犯法违纪章。
待到八月桂花香，
名字将上中作网。

2022 年 5 月 31 日

槐树关买新红苕

金秋八月艳阳天，
乘车东去槐树关。
红苕闻名远四方，
黄亮酥面蜂蜜甜。

旧街弯曲街道窄，
农贸市场公路边。
专买新薯来赶场，
圆浑光滑口袋满。

公路宽敞沥青面，
花坛紫荆红鲜艳。
两边树木成绿荫，
玉米稻谷金灿灿。

挥臂银镰浑身汗，
禾束舞动映笑脸。
此起彼伏沟壑间，
拌桶咚咚响连天。
家家门前水泥场，
玉米稻谷铺晒满。

户户男女忙秋收，
乡村风景亮人眼。

站在梁顶望四周，
千坡万岭波浪翻。
旱地水田接相连，
绿树楼房互映掩。

江苏帮陕已多年，
万岭村建产业园。
投资巨款一千万，
养牛富民一大片。

振兴乡村好战略，
千家万户齐动员。
昔日贫困小山村，
幸福生活在今天。

2022 年 9 月 6 日农历 8 月 11

游闫家坎古渡

一

晚秋乘车城东郊，
陨阳梁村龙泉庙。
田野平展又开阔，
稻收新耕油菜苗。

二

走村过社到贯溪，
商事客往真热闹。
南去汉江闫家坎，
宽阔平坦水泥道。

三

昔日泥泞人车困，
南来北往实烦恼。
千年古渡惠百姓，
渡人运物殊功劳。

四

南岸名地黄安坝，

夫人娘家记忆牢。

五十三年情和意，

经年累月魂牵绕。

五

今日汉江建数桥，

一叶铁舟默寂寥。

汉水自西向东去，

流清波平无浪涛。

六

千年水患已根治，

南北河堤宽又高。

站在大堤望四方，

地绿山青雾缥缈。

七

没有改革和开放，

哪有幸福在今朝？

喜迎党的二十大，

中华大地更美好！

2021 年 7 月—2022 年 10 月

张振中诗歌集

第五章

饮水思源　涌泉相报

蓝

从春节开始，

到二月花开，

一个多月的日子，

每天在手机屏上，

每晚在电视机上，

都看到了一抹蓝。

这蓝，

是那么的鲜艳，

那么的惹人眼。

多少次梦里出现，

日夜浮现在脑海眼前。

这蓝，

是飘荡着白云的蓝天。

这蓝，

是无边无际广阔的海洋蓝。

你是那样的高远，

你是那样的浩渺无边，

你的纯洁如水晶一般。

这蓝，

是对生命呵护的大爱，

是发自心灵深处的本能奉献。

我爱红色的热烈、喜庆、庄严。
也爱绿色的柔和、生动、新鲜。
我更爱这天空的蓝，
这海洋的蓝。

这蓝，
是勇士们抢救病患的身影。
这蓝，
是抗疫战线忙碌的医护人员。
这蓝，
是我心灵的海洋，
是我心灵的蓝天。
这蓝，
使我的生命色彩鲜艳。

2020 年 2 月 27—29 日

庆祝母校六十华诞

——在数学与计算机科学学院座谈会上朗诵

五月的天，

是郎朗的天，

五月的风，

是清爽的风，

五月的花儿，

最鲜艳。

我们阔别的学子，

又回到昔日大学校园。

陕西理工大学，

昔日的汉中大学，

是我们终生难忘的地方，

是我们成才的摇篮。

回到慈母的怀抱，

我们感受到无限的温暖，

看到师长们身体康健，

我们心里比蜜甜，

看到学校的巨大变化发展，

我们无比高兴笑开颜。

60 年的历程悠长不平凡，

60 年的成就辉煌耀眼、

桃李芬芳，

人才遍天下，

为国家作出重大贡献。

陕西理工大学，

是陕南亮丽的名片，

是秦巴山水的骄子，

是汉江岸边的明珠，

是教育战线的一面旗帜，

是现代化人才的源渊。

我们这些昔日的学子，

因你而光荣自豪，

因你而力量无穷。

我们衷心祝愿您，

以丰富的智慧，

设计宏伟发展蓝图；

以如椽大笔，

谱写新的诗篇！

在新时代，

愿你大展宏图，

创新发展，

将一流大学创建！

2018 年 5 月 28 日下午 1 点

七律二首

一、石泉后柳游

六月正是旅游时，

我随好友到石泉。

穿过隧道越大桥，

林山树海淼无边。

楼房小道绿中掩，

思潮起伏心悲寒。

衣食住行曾艰难，

巴山工作二十年。

二、去石泉中坝有感

山大沟深处处是，

峰高崖险岭连峦。

只见树木和长草，

庄稼零星少田园。

深山峡谷太偏僻，

山民生活实艰难。

若是没有扶贫战，

落后还要多少年？

2021 年 6 月 20 日

朱鹮之歌

朱鹮，
是世界珍禽。
朱鹮——

你是下凡的天仙，
你是上天的娇子，
你是"东方宝石"，
你是和平的使者。
你是美好的象征，
你是历史老人
留给地球大家庭的珍宝，
你是人类的伙伴，
你把文明召唤。
你能对环境优劣好坏
作出最准确的评判。
你是一盏明灯，
指引着生命航船。
你是可爱的别名，
你是洋县的名片，
你是老百姓的心肝。
朱鹮——

你有玉的纯洁，

你有珠宝的灵光，

你有挺拔的英姿。

秦岭之南，

巴山以北，

汉水之畔，

洋州大地家园，

生长着美丽的鸟儿，

飞翔着红霞般的朱鹮。

朱鹮——

春夏秋冬，

一年四季，

你在我的头顶飞翔，

日出日落，

白昼夜晚，

你的亮丽英姿浮现在我的眼前。

你在村头古树上搭巢，

你在门前小溪里戏水，

你在稻田里觅食，

你在树林里歌唱，

你在蓝天上飞翔，

你在巢中孵化。

你是我梦中的女神，

你是我生活中的伙伴；

你是动听的一首歌，

你是生动的一幅画卷。

你聆听我在山头歌唱，

你伴我在傥河畔朗诵诗篇。

你看我在田野里插秧，

你陪我在万亩梨园观光游览。

朱鹮——

有你的繁衍、生息，

洋州山川更秀丽；

有你的展翅高飞，

田野家园生机一片。

美名传天下，

世界齐艳羡。

洋县有朱鹮，

皆因保护大自然，

爱护守好自己的家园。

洋县的好山好水好田园，

人民心性厚道良善。

宁愿麦子稻谷减产，

也不向田地施化肥；

宁愿瓜果受虫害歉收，

也不把农药喷洒。

群众自发投泥鳅黄鳝，

房前屋后任鸟把巢在树丛搭建。

防蛇灭鼠保繁殖，

孵化雏鸟守护几十天。

洋县人爱鸟护鸟是模范，

世界人民敬佩齐夸赞，

远渡重洋莅临鹮乡取经参观。

齐聚一起办论坛，

切磋交流保护经验。

一九八一年五月的一天，

洋县山沟里的农民，

何天顺、何丑旦两兄弟，

发现金家河上空一道霞光，

几只飞翔的红鹤叫声冲天。

刘荫增曾率领的国家考察队，

风风雨雨整三年，

踏遍了祖国万水千山，

认定这几只红鹤，

正是渴望要找到的朱鹮。

啊——

我可爱的家乡洋县，

绿绿的水，

青青的山，

留存了七只红鹤，

保存了一个珍惜物种。

啊——

洋县，

你给世界作出了重大贡献！

我以你为荣，

我为你歌唱礼赞！

朱鹮——

你给当代人

敲响了警钟，

给人类一个

深刻的教训经验：

保护环境，

呵护地球。

天蓝，

水清，

山绿，

土净，

人类才能生存，

代代相传！

朱鹮——

我曾听到

你在石崖畔哀叹：

"多可怜，

没有了栖身处，

我们将在

地球上不复出现！"

如今，

我听到你高歌在蓝天：

"我们生活愉快美满，

啊——

朱鹮，

民间的红鹤，

神鸟，

朱鹮，

展翅蓝天，

红霞灿烂，

歌声嘹亮，

响彻天地间！

2019 年 2 月 13 日

洋州满城桂花香

金秋洋州好风光，

焕然一新披霓裳。

无暇花开多鲜艳，

只喜息息尽芬芳。

闻与不闻不由己，

追前逐后伴身旁。

金秋骄阳耐人看，

徜徉花海心舒畅。

浓郁花香阵阵袭，

清馨沁脾身心康。

任你到城哪一处，

如影随形芬清爽。

洋州城街十里长，

蓝天大地弥芬芳。

即是时过数十载，

金银丹桂仍飘香。

天宫蓬莱神仙地，

不如生态朱鹮乡。

八月十五桂花繁，

嫦娥吴刚齐到场。

国庆中秋天人合，

万家团聚福满堂。

双节来洋看朱鹮,

人人健康又吉祥。

心欢意乐甜如饴,

有幸安居我故乡。

不服长生不老丹,

百岁依然唱秦腔。

2020 年 8 月 15 日

致考生

铃声已经敲响，
冲锋号声嘹亮。
洋县中学，
千名考生，
精神抖擞，
斗志昂扬，
步入校园，
走进考场。
戎装跃马，
扬鞭纵缰，
驰骋沙场。
政府部署精密妥当，
社会各界给力，
为考生保驾护航。
千万双期盼关注的目光，
给你们鼓舞力量。
数百个大学校门，
为莘莘学子开放，
千万个老师专家学者，
招手、呼唤，赤心热肠。
凭你们的聪明才智，

泛舟知识学问的海洋；

镇定、沉着、思考，

才思敏捷，

运墨挥笔答卷写华章。

十二年的苦读寒窗，

开花结果，

奉献甜香，

接通知，

名耀金榜。

2021 年 6 月 5 日 5 点 30 分

惊喜七十五岁

今天是己亥年正月十二，

我的生日，

值得纪念的一天。

屈指算来，

已走过人生七十五年。

我只觉得

每日里朝阳穿窗过，

金光灿灿照书卷；

只觉得每天

在纸上奋书

在电脑前敲击键盘；

我只觉得

每天午睡轻微打鼾，

只觉得

星夜里台灯前，

胸中激情

湍湍流笔尖。

我只知道，

每天在书山上

以勤为径艰苦攀缘；

我只知道

每日在学海上

劈涛斩浪行苦船。

我只知道

与全国诗人作家比赛，

以文章争金折桂夺冠。

我只是

每日与年轻人一样，

到超市买菜、酱、醋、油、盐；

我只晓得

和年轻时一样，

到汉江河边，

漫步在白沙滩；

穿梭柳条中

看倪河上的炊烟。

我全不知日出月落几多番，

浑然不觉寒暑易节若干遍。

我只感觉到

70 岁过后没几天，

怎么一下子满了 75 岁，

又吃 76 岁的饭？

我惊异

时间怎么过得这么快？

我惊喜，

自己寿命已经七十五年！

孩提时的发小，

少年时的伙伴；

中学的同学，

大学的同窗；

单位的同事，

事业的同仁，

有的驾鹤上天，

有的远走高飞已几年。

有些比我年岁小，

纷纷离开人寰。

可惜，可叹！

而我

顶天立地，

迎着朝阳，

仰望星空，

胸中陶然，

快乐悠闲，

在人生大道上阔步向前。

如今的我，

不缺吃穿，

不缺日常零花钱。

不愁无房住，

不怕酷夏冬天。

夏季有空调凉爽，

冬有天然气带暖气片，

室内温暖似春天。

我耳不聋，

眼睛尖，

年轻时的牙齿

满口齐全。

血压、血脂、血糖三不高，

这是我的好本钱。

难忘 2002 年腊月天，

是我退休的前一年，

阎王爷把我拉到鬼门关。

两天一夜吐血上十遍，

口吐鲜血像喷泉，

昏厥休克

人事不省翻白眼，

叫不言传。

在抢救室里整七天。

妻子惊吓打寒战，

儿女伤心哭成一片。

医生护士齐忙乱，

抢救性命采用多种方案。

摘除脾脏在西京医院，

食管、胃底手术结扎静脉血管，

从阎王殿里走了一遍。

妻子以恩爱的心把我救转，

医生护士妙手回春把我命挽。

七十五岁的我，

要经历多少暴风骤雨，

冰雪霜寒，

见多少世面。

闯关隘，过险滩，

翻越千重山，

登攀万仞峰尖。

喝苦水，

蒙受屈冤，

多少个不眠夜晚。

自认为人到 70 岁，

是健康状况的分界线。

70 岁前像小伙，

70 过后真成老年。

从未意料到，

走路艰难；

身体千斤重，

双腿灌了铅。

胃食管倒流，

脑供血不足常晕眩。

现在我家人丁兴旺，

生活幸福、和谐安然，

两儿一女十二个成员。

大孙子大学已毕业，

孙女读书专心聪明不凡。

儿女们孝顺，

事业干得好；

孙子辈爱学习，

兴趣广泛，

活泼、可爱，

生气蓬勃、天真烂漫。

每逢佳节过大年，

全家人大团圆。

家庭文艺联欢，

热闹非凡。

七岁孙女主持节目，

有板有眼。

老两口朗诵，

纪念金婚的诗篇，

女儿舞蹈赛飞天。

两个儿媳歌声悠扬婉转，

大儿子滑稽表演；

小儿子绕口令、说快板，

两个孙子演小品，

逗得全家人笑得前仰后翻。

我或夫人有病住院，

儿女们精心护理照看。

经常给我们买衣服、赠礼品，

买手机、买家电；

逢年过节，

三兄妹争着买粮、物，

你洗菜，他掌厨，

协力做菜饭。

全家十几口人围桌前，

佳肴香甜，

饭饱酒酣。

天伦之乐乐陶陶，

我们夫妇俩日子赛神仙。

自我感觉身体状况，

还能再活十年。

夫人言：

"争取钻石婚，

再奋斗二十年！"

我即刻给她鼓掌，

感谢鼓励笑颜称赞。

我的成绩大，

名望高，影响大，

得到学界的认可，

县老科协、县老年学会，

评选我为先进个人、优秀会员。

每年参加全国多次征文，

诗文获奖入选出版。

著书立说，

付梓鸿文十二卷。

加入省市县多个文学团体，

领授证书，

成为光荣成员。

人民养育着我，

滋润我生活幸福美满。

党的无限关怀，

是鼓励我前进的风帆。

我自知

知识结构不全面，

没有系统学习，

学问没有精钻；

未上过名校，

没有大师指点。

未钻研文学宝典，

诸子百家，

四书五经，

二十四史，

世界文学名著，

唐诗宋词，

元曲明清小说，

五四革命文学，

建国七十年的经典，

只是懂得大概，

未作深刻钻研。

对军旅生活空白一片，

对工厂生产劳动一派茫然。

我还有许多爱好需操练实践，

我还有千千万万件急事要干，

还有多少名山大川需要游览，

还有多少名胜古迹渴望欣赏参观。

我还有许多美好的梦幻。

我有许多好素材，

记忆里有形形色色的人物；

肚子里还有许多故事要讲，

脑子里还有诸多鸿文诗篇。

要成书出版，

要与广大读者见面。

许多文学大奖，

待我捧杯授证书，

披红戴花登论坛。

创作文学精品，

获得鲁迅、茅盾文学奖，

是我追求的梦幻。

歌颂党，

多写壮丽诗篇；

歌唱祖国，

以鸿文礼赞，

抒发热爱生活的豪情，

记录时代的巨大变迁。

为进军新征程，

鼓劲加油、助阵呐喊，

为现代化建设，

绘制气壮山河的画卷。

我虽已年迈，

锐气不减，

生命已进耄耋阶段，

青春年华不减当年。

字如砂粒菜籽的文章，

我能清晰阅读，

朗声诵念。

听歌看戏，

我全神贯注，

手舞足蹈乐无边。

我心中的故事，

我学的知识，

我的生活经历，

我所具备的能量，

还未发挥出一半。

我是一个共产党员，

有共产主义崇高信仰和信念，

历史唯物主义是我的世界观。

戒骄戒躁严自律，

起模范带头作用当好党员。

展望未来征途漫漫，

甘为国家继续作贡献！

2019 年 3 月 5 日